Assis sur un tronc d'arbre, il tire son goûter de son sac (page 12)

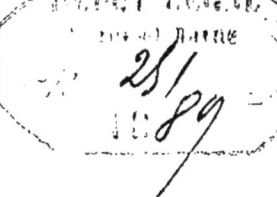

PROMENADES

DANS LES BOIS

PAR

E. LEFEBVRE

Professeur au lycée de Versailles et à l'École normale supérieure
d'enseignement primaire de Saint-Cloud.

DEUXIÈME ÉDITION

PARIS

LIBRAIRIE HACHETTE ET Cie

79, BOULEVARD SAINT-GERMAIN, 79

—

1889

PROMENADES
DANS LES BOIS

PETIT-PIERRE ET L'AMI ANTOINE

Sylvicourt est un gros village auquel ses habitants donnent volontiers le nom de ville. Situé sur la lisière d'une grande forêt de l'État, il est adossé à une montagne et dominé par les ruines d'un vieux donjon féodal, où les lézards et les serpents ont élu domicile. Il y a quelques siècles, on eût rencontré sur la route qui mène au château, tantôt des hommes d'armes bardés de fer, tantôt de belles châtelaines montées sur des haquenées blanches et revenant de la promenade avec leur cortège de pages et d'écuyers. Aujourd'hui le souvenir même de ces hôtes brillants est perdu à Sylvicourt; en revanche, on y trouve un juge de paix, deux notaires, un receveur de l'enregistrement, deux percepteurs, pas mal d'huissiers et un garde général des forêts, que l'on appelle, par abréviation, *le général*. C'est vous dire que Sylvicourt est un simple chef-lieu de canton.

Si la ville a perdu quelque peu de sa vieille splendeur, les habitants n'en sont pas moins fiers de son antique noblesse. Les maisons n'ont pas la commodité et les agréments des nouvelles maisons parisiennes : mais elles sont vastes, et portent presque toutes des inscriptions attestant qu'elles ont cinq ou six cents ans d'existence. Leurs murailles, un peu décrépites, ont résisté aux ravages du temps, grâce à leur épaisseur et à la qualité de leurs pierres d'un gris bleuâtre. Les fenêtres peu nombreuses et étroites ressemblent presque à des meurtrières. Malgré leur aspect terrible, ces maisons abritent une population paisible, laborieuse, redoutant surtout les accidents qui peuvent compromettre les biens de la terre.

Si vous en doutez, entrons ensemble dans une vaste ferme, située sur la grande route, presque au centre de Sylvicourt. Nous y trouverons une nombreuse famille composée d'une vieille dame, de son fils, de sa belle-fille et de leurs quatre enfants, trois jeunes filles et un petit garçon. Grand'-mère, comme tout le monde l'appelle dans la maison, a depuis longtemps abandonné à son fils la direction de la ferme et n'a conservé que celle du jardin. Les pêches de ses espaliers et sa collection de rosiers, tous greffés par elle-même, sont célèbres à dix lieues à la ronde. Elle aimait ses petites-filles, comme tous les parents aiment leurs petits-enfants ; mais son bonheur fut complet lorsque naquit son petit-fils Pierre. Beaucoup plus

Le village est dominé par les ruines d'un vieux donjon féodal.

jeune que ses sœurs, il a reçu le surnóm de Petit-
Pierre, sous lequel on continue à le désigner.

Sur les conseils de Grand'mère, Petit-Pierre
fut presque élevé en plein air. Dès son plus jeune
âge, il ne se passa guère de jour sans qu'on lui fît
faire quelque promenade. Cela ne lui déplaisait pas,
bien au contraire. Avait-il quelque chagrin, était-
il de méchante humeur, comme cela arrive aux
petits enfants, et même aux grandes personnes,
il n'y avait pas besoin, pour le calmer, de le faire
sauter sur les genoux, ni de lui montrer un jouet;
sa mère le portait au jardin et, en quelques instants,
sa gaieté revenait comme par enchantement. Il fit
ses premiers pas en cherchant à cueillir des tulipes
qui s'étalaient, au printemps, le long des plates-
bandes; et Grand'mère, heureuse de le voir mar-
cher, lui pardonna une dévastation qu'elle n'aurait jamais tolérée dans des circonstances moins
graves.

Plus il grandissait, plus Petit-Pierre aimait à
prendre l'air et à courir au jardin. Bientôt il fallut
aller à l'école; malheureusement pour lui, elle est
à deux pas de la ferme. Aussi, lorsque le temps le
permet, il ne manque pas, au sortir de la classe, de
reconduire quelques camarades, et revient ensuite
à la maison par ce chemin qu'on a appelé celui des
écoliers, et qui n'a jamais passé pour abréger la
route.

Les dimanches, les jeudis et les jours de fête
où le maître donne congé aux élèves, sont pour lui
des jours de bonheur. N'avoir ni leçons à appren-
dre ni devoirs à faire est bien pour quelque chose

dans son contentement. Je ne veux pas l'en blâmer : car on est content de se reposer, après avoir bien travaillé ; et Petit-Pierre travaille bien ; jamais il ne perd son temps quand il est en classe. Malgré son amour de la promenade, l'idée ne lui viendrait pas de courir les champs, les jours où il doit aller à l'école : mais aussi comme il se rattrape les jours de vacances. Il prend une canne et garnit d'un bon morceau de pain un sac de toile qu'il porte en bandoulière ; il se munit aussi d'une petite boussole, d'un flacon d'alcali, et met dans sa poche la feuille de la grande carte de France où sont représentés Sylvicourt et ses environs. Ainsi équipé, tantôt seul, tantôt avec deux ou trois petits amis, il part aussitôt après le dîner et ne rentre qu'à l'heure du souper.

Dans les commencements, Petit-Pierre trouvait ses longues marches un peu fatigantes ; mais insensiblement il s'y est habitué. Des courses qui, tout d'abord, lui avaient semblé fort longues, sont devenues un jeu pour ses jambes exercées. De retour au logis, il vide triomphalement son sac rempli d'une foule de choses curieuses ramassées le long de la route. Un jour, ce sont des coquilles pétrifiées, des cailloux cristallisés, des fragments de pierres recueillis dans une carrière ou sur les chemins ; une autre fois, ce sont des fleurs, des plantes nouvelles, ou bien de jolis insectes qu'il a renfermés avec soin dans une boîte de fer-blanc. Il prend alors sa carte, l'étale sur la table et montre à sa mère et à ses sœurs la route qu'il a suivie ; il fait, non sans quelque fierté, le compte des

kilomètres qu'il a parcourus, et indique la place
où il a trouvé les échantillons nouveaux qu'il rap-
porte. Après avoir demandé à son père des explica-
tions sur ses découvertes, ou consulté, à leur sujet,
quelques ouvrages élémentaires d'histoire natu-
relle, Petit-Pierre les range dans une armoire. Il
s'est fait ainsi un véritable musée, aussi précieux
pour lui que les plus riches collections ; car chaque
pièce lui rappelle un souvenir.

Petit-Pierre s'est bientôt aperçu que les grandes
promenades sont non seulement très amusantes,
mais aussi fort utiles. Un jour, par une belle matinée de septembre, une agitation extraordinaire se
manifesta tout à coup dans les rues de Sylvicourt.
Un régiment allait passer, se rendant aux grandes
manœuvres : c'est l'avant-garde qui vient d'arriver. De l'entrée du pays, on aperçoit, à plus de
deux kilomètres encore, les longues files de pan-
talons rouges qui s'avancent de chaque côté de la
route, et au milieu, sur la chaussée, les officiers
montés sur leurs chevaux. A cette vue, tous les
petits garçons se mettent à courir à la rencontre
des soldats. Ils ont bientôt rejoint la tête de la
colonne, et Petit-Pierre gagne aussitôt la confiance
d'un clairon qui lui donne son fusil à porter. Le
voilà marchant tout fier, un vrai fusil sur l'épaule,
à la tête du régiment : malheureusement, en arrivant aux premières maisons, le colonel fit reformer
les rangs et le clairon reprit son arme. Petit-Pierre
dut se contenter d'assister, en spectateur, au défilé;
c'était un beau spectacle, car le régiment était au
grand complet, musique en tête.

Le défilé était terminé depuis longtemps, les derniers pelotons semblaient déjà bien loin; et cependant on voyait encore, à chaque instant, passer sur la route des soldats isolés. La figure ruisselante de sueur, l'air fatigué, ils traînaient péniblement la jambe, faisant de vains efforts pour rattraper la colonne. Quelques-uns même boitaient réellement et furent forcés de s'arrêter. Quand le major arriva, il reconnut qu'ils étaient incapables de continuer la route : aussi les autorisa-t-il à monter sur les voitures régimentaires qui suivaient la colonne à une demi-heure de distance.

Petit-Pierre, tout à l'heure si gai, était bien triste à la vue de ces malheureux traînards. Il se disait que des hommes fatigués par une simple étape de 15 à 20 kilomètres ne devaient pas être, en campagne, des soldats bien vaillants. Dans quel état arriveront-ils sur un champ de bataille, après une marche forcée? Ils seront harassés, et pourront à peine se tenir debout, au moment où ils auraient besoin de toute leur énergie. Ces pauvres traînards ont dû, quand ils étaient enfants, se conduire comme font beaucoup de ses petits camarades d'école. Combien y en a-t-il qui, au lieu de se dégourdir les jambes, les jours de vacances, vont se coucher sur l'herbe, en été, ou bien se chauffer au soleil, en hiver, le long d'un mur, comme de vrais lézards! Est-ce que l'on peut devenir bon marcheur tout d'un coup et sans préparation? Si François, le menuisier, manie si bien la scie et la varlope, c'est qu'il est né dans le métier; tout jeune, il travailla avec son père et a pu ensuite le remplacer. Jacques, le forgeron, dont le marteau fait si joyeusement résonner l'enclume, a commencé par être apprenti avant d'être maître; il a tiré le soufflet avant de battre le fer. Eh bien! puisque tout le monde doit un jour être soldat, Petit-Pierre pense qu'il faut s'y préparer; comme il ne veut pas rester un jour parmi les traînards du régiment, il se dit qu'il a raison d'exercer ses jambes et de les habituer à faire un bon service pour le jour où il en aura besoin. Tous les gens sensés seront du même avis : fortifier le corps, assouplir les membres par la marche, prépare mieux au métier militaire que de jouer aux soldats avec des armes de pacotille.

Peu à peu Petit-Pierre fit bien d'autres réflexions. Quand, arrivé au milieu de sa promenade, il s'assied sur une grosse pierre ou sur un tronc d'arbre et tire son goûter de son sac, un simple croûton de pain frais lui semble aussi bon que la brioche de Grand'mère. Or tout le monde sait que Grand'mère a une réputation universelle pour la confection de la brioche. De retour au logis, après une bonne course, il ne s'informe guère de ce qu'il y a pour le souper et se borne à lui faire largement honneur. Décidément, le meilleur cuisinier, c'est encore l'appétit; et rien ne donne de l'appétit comme une grande promenade. Après le souper, Petit-Pierre monte se coucher et dort, à poings fermés, jusqu'au lendemain matin. Tout va donc pour le mieux, puisqu'on se met à table pour manger et au lit pour dormir. Aussi Petit-Pierre n'est jamais malade.

Habitué à sortir au grand air, en été comme en hiver, il est aguerri contre les changements de temps et les supporte bravement. Quand viennent les premiers froids, beaucoup de ses petits camarades, élevés dans du coton, attrapent rhumes et bronchites : ils ne quittent plus le coin du feu, ou s'ils vont à l'école, c'est pour y toussailler du matin au soir. Jamais Petit-Pierre ne fait sa partie dans le concert des enrhumés ; jamais il ne reste à la maison pour prendre des sirops e' des tisanes ; s'il vient à tomber de la neige, il n'a pas peur de se mouiller les pieds : on le voit tou, jours au premier rang pour lancer des boules ou fabriquer un ours blanc.

De toutes les promenades, celles que Petit-Pierre préfère sont les promenades dans les bois. En été, il y fait bien moins chaud qu'en plein champ, et l'on n'y est pas couvert de poussière comme sur les routes. On rencontre dans le bois des fontaines à l'eau fraîche et limpide, auprès desquelles on s'assied pour goûter. On y cueille, suivant la saison, des fraises, des merises ou des pommes sauvages, des myrtilles, des noisettes ou des faînes : ces fruits paraissent d'autant meilleurs qu'on a plus de peine à les trouver. En hiver, on va voir les bûcherons dans les coupes, se réchauffer autour de leur feu et manger avec eux des châtaignes et des pommes de terre cuites sous les cendres. Petit-Pierre a bien encore un autre motif pour aimer la promenade au bois : il y rencontre l'ami Antoine, l'habitant de la forêt, qui en connaît tous les mystères, les fait admirer et les explique avec une complaisance inépuisable.

L'ami Antoine est un garde forestier d'une cinquantaine d'annés. Né à Sylvicourt, il a été à l'école avec le père de Petit-Pierre; c'est donc un vieil ami de la famille. On l'avait perdu de vue pendant longtemps; mais on ne l'avait pas oublié. Aussi avait-on fêté son retour, lorsque, promu au grade de brigadier, il est revenu à Sylvicourt. Il habite en pleine forêt, avec un autre garde, dans une grande maison appartenant à l'administration des forêts. A côté se trouvent une vaste pépinière de pins destinés à des reboisements; l'ami Antoine en a spécialement la surveillance. La maison forestière est une petite colonie; car, si l'ami Antoine, marié depuis plus de vingt ans, n'a pas d'enfants, le garde, son voisin, possède une nombreuse famille. Aussi Petit-Pierre trouve-t-il toujours bon accueil, quand il arrive à la maison forestière, après avoir parcouru les quatre kilomètres qui la séparent de Sylvicourt. Antoine est rarement là; mais sa femme s'absente peu dans l'après-dîner, et Petit-Pierre, qu'elle aime beaucoup, est à peu près certain de la rencontrer. Après s'être reposé quelques instants, il s'informe de ce que fait Antoine et va le rejoindre dans la forêt, s'il n'est pas trop éloigné.

Avant d'être garde forestier, l'ami Antoine a été militaire. Engagé volontaire en 1854, il fut presque aussitôt embarqué pour la Crimée et reçut

Hachette et Cie

Le courage et le sang-froid du garde en imposèrent au maraudeur

le baptême du feu le 8 septembre 1855, à la prise de Sébastopol. Quatre ans plus tard, il partait pour l'Italie avec les galons de sergent, comptant bien y rester ou en revenir officier. Il fut trompé dans ses prévisions : une balle qu'il reçut dans l'épaule à Solférino, le 24 juin 1859, brisa sa carrière militaire. Sans être réellement estropié, il fut déclaré impropre au service, obtint la médaille militaire en récompense de sa belle conduite, et entra comme garde dans l'administration forestière.

La forêt à laquelle Antoine fut attaché était une de celles que les élèves de l'école forestière de Nancy parcourent, chaque année, sous la conduite de leurs maîtres. Il mit à profit cette heureuse circonstance, suivit avec attention les leçons données sur le terrain par les professeurs, et devint, en peu de temps, un des gardes sachant le mieux son métier. Une aventure dont il fut le héros attira d'ailleurs sur lui l'attention et l'estime de ses chefs. Parcourant un jour l'endroit le plus reculé du bois, il rencontre un maraudeur occupé à couper un arbre. Mais il a été aperçu; le délinquant se précipite sur lui, le terrasse et, la hache levée, veut exiger la promesse de ne pas avoir de procès-verbal. « Si tu me tues, répond Antoine, je ne te ferai certainement pas de procès-verbal; mais si tu ne me tues pas, tu en auras un. » Le courage et le sang-froid du garde en imposèrent au maraudeur. Antoine ne fut pas tué. Il rédigea son procès-verbal, mais sans y faire mention de l'attentat dont il avait failli être victime et qui fut connu plus tard, par l'indiscrétion de son auteur.

Avec Antoine, Petit-Pierre ne s'ennuie jamais dans la forêt. Il apprend à reconnaître les différentes espèces d'arbres; il apprécie déjà assez bien leur âge, la qualité ou les défauts de leur bois, les usages auxquels ils pourront servir. Ces leçons n'occupent d'ailleurs pas tout le temps de la promenade. Pendant ses courtes années de service, l'ami Antoine a vu des gens de bien des pays, Turcs, Anglais, Russes, Italiens, Autrichiens, Allemands; il a sur eux tous des opinions bien arrêtées : aussi est-il bien amusant, quand on le met sur le chapitre de ses campagnes. A l'entendre, les Turcs sont de bons soldats, marchant bravement au combat; car ils ont la certitude de n'être tués que si *cela est écrit*. Mal nourris, plus mal payés encore, ils reçoivent la mort sans regret, comptant bien qu'il doit faire meilleur au paradis de Mahomet qu'au service du Sultan. Les Russes sont de braves gens avec qui on a échangé consciencieusement des coups de fusil et trinqué gaiement, une fois la paix faite. Les Anglais se sont bien battus en Crimée; mais ils nous doivent une fameuse chandelle pour le service que nous leur avons rendu à Inkermann. Ils semblent, du reste, avoir oublié depuis longtemps les belles paroles adressées le soir de la bataille par lord Raglan au général Bosquet : « Général, au nom de l'Angleterre, je vous remercie. » La reconnaissance n'est pas non plus la vertu dominante chez les Italiens : ce sont d'ha-

biles gens qui, même battus, savent tirer de leurs
défaites un meilleur parti que d'autres de leurs
victoires.

L'ami Antoine ne parlait pas volontiers des
Autrichiens : il ne pouvait leur pardonner son
épaule à moitié fracassée. « Que voulez-vous que
j'en dise? répondait-il; il y en a de toutes les
espèces et de toutes les couleurs, des blancs, des
bleus, des rouges, qui ne s'entendent même pas,
quand ils parlent entre eux. »

Comme tous les forestiers, Antoine avait fait
bravement son devoir pendant la guerre avec
l'Allemagne. Au mois de janvier 1871, il servit de
guide à une poignée de soldats de la garnison de
Langres qui vinrent, presque jusqu'aux portes de
Nancy, faire sauter le pont sur lequel le chemin
de fer franchit la Moselle à Fontenoy. Furieux de
ce coup d'audace et honteux d'avoir été surpris,
les Allemands se vengèrent par un procédé qui
révoltait l'âme chevaleresque de l'ami Antoine.
Un haut magistrat, qui siégeait à Nancy, coiffé
d'un casque à pointe, rendit un jugement forte-
ment motivé dans lequel il démontrait que les
coupables étaient des francs-tireurs : il prononçait
en conséquence une série de condamnations dont
l'exécution était confiée à l'autorité militaire alle-
mande. Les départements de la Lorraine auraient
à payer 5 millions d'amende. Les habitants de
Nancy devaient rentrer chez eux avant 8 heures
du soir, sous peine d'être emmenés à la caserne.
Le village de Fontenoy était condamné à être
brûlé. Le lendemain, des soldats allemands, la

torche d'une main et une bouteille de pétrole de l'autre, allèrent tranquillement incendier une à une les maisons du village, donnant à peine aux habitants le temps de les quitter, et brûlant dans son lit une pauvre paralytique que ses enfants ne purent emporter assez vite.

LA FORÊT VIERGE

Dans ses excursions en forêt, Petit-Pierre suit rarement les grands chemins; il leur préfère les petits sentiers qui serpentent sous bois; souvent même il quitte ceux-ci pour pénétrer dans les massifs touffus. Consultant sa boussole pour ne pas s'égarer, il est heureux d'aller à la découverte, de se frayer un chemin à travers les ronces et les épines, au milieu des buis, des houx, des génévriers et de toutes les plantes buissonnantes qui couvrent le sol. Il se croit volontiers dans une de ces forêts vierges dont il a lu la description; il lui semble que personne n'a jamais pénétré aussi loin que lui dans ce fouillis de végétaux. Il se compare aux pionniers américains, qui, la hache à la main, marchent droit devant eux, pendant des semaines, à travers une forêt inextricable, jusqu'à ce qu'ils aient trouvé un endroit à leur convenance. Ils s'arrêtent alors, commencent par défricher une petite surface et construisent une hutte avec des troncs d'arbres. Ils s'y installent,

2

eux et leur famille, dans un isolement complet, abattent les arbres tout autour d'eux, et arrivent, après plusieurs années de lutte, à fonder un établissement agricole dont l'inportance va toujours en augmentant. Misérables tout d'abord, ils deviennent bientôt de grands et riches cultivateurs.

Les choses se sont passées jadis de la même façon dans notre vieille Europe et à la surface même de la France. Aujourd'hui ce n'est plus qu'une grande plaine cultivée, parsemée çà et là de bouquets de bois; mais à l'époque de nos ancêtres les Gaulois, c'était, au contraire, une vaste forêt avec des clairières livrées à la culture. Défrichée petit à petit par le travail lent et continu de l'homme, incendiée même quelquefois pour aller plus vite, la forêt a disparu graduellement pour faire place aux champs de blé. A mesure que la population d'un pays augmente, il faut pour la nourrir plus de terres cultivées et plus de prairies. Aujourd'hui les bois deviennent rares; dans le Nouveau Monde comme dans l'Ancien, la forêt recule de tous côtés devant la civilisation.

C'est dans les régions chaudes de l'Amérique du Sud, sur les bords de l'immense fleuve des Amazones, que l'on rencontre encore la vraie forêt vierge. Sous l'influence d'une chaleur tropicale et d'une humidité constamment entretenue par des pluies diluviennes et presque journalières, la végétation se développe dans toute sa splendeur. Nulle part on ne trouve une aussi grande variété dans les productions du règne végétal; nulle part les plantes n'atteignent d'aussi grandes dimensions. Les arbres ont fréquemment 60 et 70 mètres de hauteur, leurs troncs, 8, 10 et jusqu'à 20 mètres de tour. Les feuilles de quelques palmiers sont longues de 10 à 15 mètres ; certaines fleurs ont plus d'un mètre de circonférence.

La forêt vierge est une vaste colonnade, formée d'arbres géants, assez largement espacés, et sup-

Les orchidées flottent dans l'atmosphère de la forêt vierge.

portant à plus de 30 mètres de hauteur un épais plafond de verdure. Sous cette voûte élevée, d'autres arbres, plus jeunes ou de moindre taille, s'efforcent d'arriver à la lumière et étalent à mi-hauteur une seconde couche de feuilles verdoyantes. Quant au sol, il disparaît sous un épais fourré composé d'herbes diverses, de bananiers, d'ananas, de cactus aux épines longues et acérées.

Ces trois étages de végétation sont reliés entre eux par d'innombrables lianes, arbres grimpants, dont le lierre, la clématite et le chèvrefeuille ne donnent qu'une idée imparfaite. Les lianes des

forêts tropicales, véritables serpents végétaux, se
replient, se tordent, enroulant autour des arbres
leurs tiges ligneuses, longues de plusieurs centaines de mètres et quelquefois aussi grosses que
le corps d'un homme. Elles grimpent jusqu'à la
cime des plus grands arbres, puis retombent
comme de longs cordages, passent d'un arbre à
l'autre en formant une draperie verdoyante, se
croisent, s'attachent partout, se nouent entre
elles, et transforment la forêt en une masse de
bois impénétrable. Les arbres auxquels les lianes
sont attachées viennent-ils à mourir, soit étouffés
par cette robuste étreinte, soit simplement de
vieillesse, leurs troncs ne tombent pas à terre; ils
restent suspendus par ces cordages vivants jusqu'à ce que la pourriture les ait peu à peu détruits.

Ce n'est pas tout : il semble que dans ces régions la surface du sol ne puisse contenir assez
de plantes pour épuiser la puissance végétative
qui existe dans l'air. Sur la surface des troncs,
sur chaque morceau d'écorce vivante ou morte,
se développent d'autres plantes. Les principales
sont les orchidées, dont les espèces se comptent
par milliers et dont les fleurs, par leurs formes
bizarres, leur variété et leur magnificence, font
aujourd'hui le plus bel ornement de nos serres
chaudes. Plantes aériennes, elles flottent, pour
ainsi dire, dans l'atmosphère de la forêt vierge;
c'est là leur patrie, c'est là qu'elles acquièrent
toute leur splendeur et étalent, dans tout leur
développement, leurs innombrables corolles, plus
semblables à des papillons qu'à des fleurs.

La forêt vierge est inhospitalière. Les reptiles pullulent sur le sol humide, et, dans l'atmosphère chaude et épaisse qui le recouvre, grouille tout un

Le voyageur pénètre seul dans l'intérieur de la forêt.

monde d'insectes venimeux. Les animaux d'une organisation plus élevée fuient ce sol encombre comme les plantes, ils s'élèvent vers les hauteurs pour trouver l'air et la lumière; tous deviennent plus ou moins grimpeurs. Le jaguar monte aux arbres et se couche sur une grosse branche d'où il guette sa proie; le chat-tigre court sûr les lianes qui lui servent d'échelles ; les singes, grâce à leurs quatre mains, grimpent sur les hautes branches et s'y suspendent, en s'aidant quelquefois de leur queue, qui, enroulée, devient une cinquième main. Leurs légions habitent là couche de feuillage la plus élevée et en disputent la possession aux perruches babillardes et aux gigantesques aras, les uns jaunes et bleus, les autres verts et rouges.

Quelques peuplades d'Indiens habitent cependant au milieu des forêts vierges : installés sur le bord d'un cours d'eau, ils vivent de fruits, de racines, de gibier, d'œufs de tortues ou de poissons. Veulent-ils changer de place, ils n'essayent pas de traverser la forêt, mais se jettent dans un canot d'écorce et s'abandonnent au courant. Le voyageur ou le naturaliste en quête de découvertes scientifiques pénètre seul dans l'intérieur de la forêt. Il est bientôt enveloppé d'un fouillis de branches et de feuillage qui l'empêche d'avancer ; ses pieds enfoncent dans l'herbe ou dans la mousse ; des épines déchirent ses mains ; les lianes fouettent son visage ; une multitude d'insectes et de chenilles s'abattent sur lui et le dévorent. Des bruits étranges l'environnent, tantôt faibles comme un soupir étouffé, tantôt retentissants comme un coup de canon, quand un vieil arbre mal soutenu vient à s'ébouler. La nuit, à ces bruits vagues s'ajoutent les rugissements des fauves, les gémissements des singes, et souvent aussi les détonations de la foudre, dont les éclats illuminent l'intérieur de la forêt.

COMMENT LES FORÊTS POUSSENT

FUTAIES ET TAILLIS

———

Par une belle matinée de la fin d'avril, Petit-Pierre se mit en route pour la maison forestière. C'était un jeudi : il avait été convenu qu'il dînerait chez Antoine et y passerait la journée. Il aiderait dans leur travail Antoine et le garde Camus, occupés dans la pépinière à semer des graines de pin noir reçues récemment. Petit-Pierre, en arrivant, trouva les forestiers à la besogne depuis le matin. Un grand carré avait été profondément défoncé ; la terre était soigneusement émiettée ; la surface, bien râtelée, était divisée en longues plates-bandes d'un mètre seulement de largeur, où les deux hommes faisaient les semis. Ils commençaient par tracer avec une planche, en travers de chaque plate-bande, des rigoles espacées d'une vingtaine de centimètres, y déposaient les graines et les recouvraient ensuite d'une mince couche de terreau de feuilles.

Petit-Pierre s'étonnait de la petitesse des graines. « C'est vrai, dit Antoine, il y en a au moins 25 000 dans un litre, près de 50 000 dans un kilogramme ; celles de sapin ne sont pas plus grosses, et il y en a de beaucoup plus petites. Les graines d'épicea, de pin sylvestre et de mélèze sont bien trois fois moindres. Cela ne les empêche pas de produire de grands arbres. Le sapin des Vosges s'élève à 45 mètres, l'épicea des Alpes et du Jura à 50 mètres, et leurs troncs peuvent avoir plus d'un mètre et demi de diamètre. Le pin sylvestre et le pin noir atteignent 35 à 40 mètres de hauteur ; le pin maritime, le mélèze, une trentaine de mètres. Tous ces résineux sont de beaux arbres : car les plus vieux hêtres et les plus grands chênes ne dépassent pas, eux aussi, 35 à 40 mètres, avec un tronc de 8 à 9 mètres de tour. Le plus grand végétal du monde est, du reste, un arbre résineux de la Californie, le *Sequoia*, que les Anglais appellent *Wellingtonia*. Les vieux ont 30 mètres de tour et 150 mètres de haut : c'est la hauteur des monuments les plus élevés, la flèche de Strasbourg ou la grande pyramide d'Égypte.

— Que ferez-vous de tous les pins qui vont pousser là ? demanda Petit-Pierre.

— Nous ne les laisserons dans la pépinière qu'un an ou deux tout au plus, repartit Antoine. Ils ne seront pas alors bien grands, quelques centimètres seulement, mais cependant assez forts pour être replantés, sur les pentes de la montagne, au nord de Sylvicourt. Tous ne réussiront pas ; mais il en restera suffisamment pour que, dans quarante ou cinquante ans, la montagne aujourd'hui dénudée soit couverte d'une belle forêt de pins. Tu la verras peut-être un jour; pour moi je serai mort depuis longtemps, quand ces arbres seront grands. Tous les forestiers en sont là; ils travaillent pour les générations à venir, sans espoir de voir ce qu'auront produit leurs efforts.

— Comment des arbres pourront-ils grandir sur les monts de Sylvicourt? fit observer Petit-Pierre. Ce ne sont que des roches sur lesquelles l'herbe pousse à peine, faute de terre.

—Toutes les montagnes sont dans le même cas, répliqua Antoine. Ce sont les forêts qui y produisent et y maintiennent la terre végétale. En y faisant des plantations, nous venons en aide à la nature, et pour cela nous choisissons les espèces d'arbres qui conviennent le mieux au terrain. Aux bords de l'Océan, sous un climat doux, le pin maritime prospère, même dans les dunes de sable; le pin noir d'Autriche, dont nous semons en ce moment les graines, se plaît dans les roches calcaires, comme celles de Sylvicourt : il glisse ses racines entre les joints des pierres, où elles trouvent un peu d'humidité, et cela leur suffit; car ce n'est pas le sol, mais l'air qui nourrit les arbres.

— Comme cela, dit Petit-Pierre étonné, les arbres vivent donc de l'air du temps?

— Certainement, répondit Antoine; les feuilles trouvent dans l'air tout ce qu'il leur faut; elles y prennent de quoi fabriquer du bois ou de l'écorce, des fleurs et des fruits, de la résine ou du sucre.

— Quel dommage que les hommes ne poussent pas de la même façon! » interrompit philosophiquement le garde Camus, dont les six enfants étaient plus exigeants et chez qui les miches de pain ne faisaient pas long feu.

Tout en devisant de la sorte, nos travailleurs continuaient leur besogne : à mesure qu'ils traçaient les lignes, Petit-Pierre y semait les graines et les recouvrait de terreau. Quand la dernière plate-bande eut été ensemencée, Antoine recommanda à Camus de s'assurer si les rigoles qui amenaient l'eau de la Belle-Fontaine jusqu'à la pépinière étaient bien nettoyées. « Si le temps est trop sec, nous devrons, lui dit-il, irriguer le tour des plates-bandes, pour que nos graines lèvent bien. Il faudra, en outre, les abriter du soleil avec de menus branchages posés sur le sol. Mais avant tout, tu vas être condamné à monter la garde pendant quelques jours autour de nos semis. Les oiseaux sont très friands des graines résineuses : ils seraient bien capables de les déterrer et de n'en pas laisser. N'économise pas la poudre; mais borne-toi à faire du bruit avec ton fusil; car Mme Antoine ne te pardonnerait pas si tu tuais les petits maraudeurs qui courent après elle quand elle donne à manger à ses poules. »

Le dîner était prêt et, comme l'appétit était venu en travaillant, chacun lui fit honneur. Petit-Pierre était tout fier d'avoir aidé l'ami Antoine.

— Quand tu seras vieux, lui dit celui-ci, tu pourras montrer aux gens de Sylvicourt leur forêt de pins et dire : C'est moi qui l'ai plantée. Mais ne va pas croire que toutes les forêts ont été plantées comme cela. Le travail que nous faisons sur les monts de Sylvicourt est celui d'un jardinier qui repique un carré de choux : il coûte fort cher, quand il s'agit d'un bois ; on ne l'entreprend que pour reboiser des terrains nus. En général, les forêts se sèment toutes seules ; beaucoup de gens se figurent même que nous sommes là seulement pour y couper du bois de chauffage ou de travail. Ils se trompent ; des soins nombreux et intelligents sont nécessaires quand on veut tirer des forêts les produits les meilleurs et les plus abondants. C'est une science que doivent connaître les bons forestiers. Je ne suis pas bien savant ; mais je te dirai ce que j'en sais.

Parmi les espèces d'arbres qui poussent dans nos forêts, quelques-unes, comme le châtaignier, ont été apportées des pays étrangers, probablement à l'état de graines : celles-ci ont germé et donné des arbres qui, trouvant le climat et le sol à leur convenance, se sont ensuite multipliés. Mais la plupart des espèces forestières sont indigènes et ont existé de tout temps dans notre pays. Comment le premier chêne a-t-il poussé, je ne te le dirai pas ; mais lorsqu'il a eu soixante ans au moins, il a porté des glands ; ceux-ci sont tombés par terre et ont fourni de nouvelles générations de chênes. C'est donc avant tout par l'ensemencement naturel que les arbres des forêts se multiplient.

Les arbres de certaines espèces ont, en outre,

la propriété d'émettre des rejets, ou *drageons,* qui
partent des racines et viennent sortir de terre.
Chaque drageon se garnit lui-même de racines et
devient alors un arbre indépendant de la souche
qui lui a donné naissance. Il y a dans le jardin de
ta grand'mère un prunier qui fait son désespoir à
cause de ses drageons. Tout autour de l'arbre,
dans les plates-bandes, dans les allées, à une assez
grande distance, apparaissent une foule de petits
pruniers qui envahissent tout le terrain. Dans
les forêts, les peupliers, les saules, les bouleaux,
le tilleul, le chêne tauzin ou le chêne liège dra-
geonnent abondamment. Ce mode de multiplica-
tion est même si rapide que l'on voit des champs
bordés de peupliers, dits *blancs de Hollande,* complètement envahis par ceux-ci. Il faut alors arracher les arbres pour n'être pas exproprié par eux,
et l'on a grand'peine à se débarrasser ensuite de
leur nombreuse postérité.

On multiplie encore les arbres forestiers par
un procédé artificiel, nommé *recépage.* Quand une
souche d'une certaine grosseur a été *recépée,* c'est-
à-dire coupée bien nettement dans le voisinage
du sol, un bourrelet se forme sur cette large
plaie, entre l'écorce et le bois; sur ce bourrelet
apparaissent des bourgeons qui s'ouvrent et donnent de nouvelles tiges. En même temps, des
bourgeons qui existaient sur la souche, au-dessous
de la section, et qui ne poussaient pas, faute de
lumière, trouent l'écorce, se montrent au dehors,
et se développent, de manière à former une cou-
ronne de tiges autour de la souche mère. Le bou-

Les bûcherons coupaient les tailles de Sylvicourt

quet de tiges qui naît alors, soit sur la section même, soit un peu au-dessous, constitue une *cépée*. Au lieu d'un seul arbre, on en obtient plusieurs, tous de même âge et de même force : mais les tiges d'une cépée ne vivent pas aussi longtemps et n'atteignent pas d'aussi grandes dimensions que les arbres venus de semence. Du reste, on ne leur en donne pas d'ordinaire le temps : on les recèpe à leur tour, quand ils ont atteint la taille nécessaire pour le bois de feu, c'est-à-dire entre vingt et trente ans d'âge.

Les essences forestières qui se prêtent le mieux à l'opération du recépage sont : les chênes, à l'exception de l'*yeuse* ou *chêne vert*, le charme, le châtaignier, l'orme, l'érable, le frêne, les saules. Les arbres résineux de nos pays, pins, sapins, épicéas, mélèzes, ne donnent jamais de rejets de souche et ne peuvent se multiplier que par la semence.

Le bûcheron doit bien connaître son métier, quand il coupe des arbres qui doivent rejeter de souche. Tu te rappelles, Petit-Pierre, les précautions que je recommandais à ceux que nous avons été voir l'hiver dernier, pendant qu'ils coupaient les taillis de Sylvicourt. Ne jamais se servir de la scie, mais seulement de la hache pour les grosses tiges, de la serpe pour les plus petites. La scie déchire et ne coupe pas ; on risque alors de décoller l'écorce : adieu les rejets! En outre, la surface sciée est mâchonnée et spongieuse ; elle absorbe l'humidité et peut occasionner la pourriture de la souche. Qu'on se serve de la serpe ou de la hache, il faut avoir soin d'entamer l'écorce jusqu'au bois, du côté opposé à celui où l'on achève de couper : autrement l'arbre en se rompant arracherait l'écorce. La section doit être unie, légèrement inclinée de manière à faciliter l'écoulement de l'eau, et faite aussi près de terre que possible, à moins que le sol ne soit bas, plat et exposé aux inondations. Enfin les bûcherons doivent façonner aussi vite que possible les bois coupés : si le travail se prolongeait, on risquerait d'arracher les bourgeons lorsqu'ils commencent à se développer.

Une forêt présente deux aspects tout différents, suivant la façon dont les arbres s'y sont multipliés : un simple promeneur ne peut s'y tromper. Celle où chaque tige est isolée et provient de la germination d'une graine, est une *futaie*, quelle que soit la grosseur des arbres ; celle qui est composée de cépées, c'est-à-dire de touffes d'arbres produits par des rejets de souche, est un *taillis*.

Les vieilles futaies, avec leurs troncs élevés, dépouillés de branches inférieures, et couronnés de feuillage, sont les plus belles et les plus majestueuses de nos forêts. C'est d'elles que l'on tire les pièces de bois nécessaires pour les constructions et pour la marine. Mais, pour atteindre ces grandes dimensions, les arbres ont besoin de nombreuses années : ainsi les plus riches futaies, celles où les chênes dominent, ne doivent jamais être coupées avant l'âge de cent quatre-vingts ans à deux cents ans ; les arbres ont alors 2 à 3 mètres de tour. Les futaies de sapin peuvent être exploitées un peu plus jeunes, entre cent cinquante et cent quatre-

Les vieilles futaies sont les plus belles de nos forêts.

vingts ans. Mais avant d'abattre une futaie, il faut être certain qu'elle repoussera et que la forêt ne sera pas détruite à jamais.

Tout homme, pour peu qu'il aime la nature, ne voit pas sans un sentiment de tristesse les beaux arbres d'une futaie tomber sous la cognée des bûcherons. Mais il doit songer que, pour les arbres comme pour les gens, après l'âge mûr vient la vieillesse, à laquelle succède la décrépitude. Abandonnés à eux-mêmes, ces beaux arbres, arrivés aujourd'hui à maturité, perdraient peu à peu leurs branches ; leurs troncs se creuseraient, pourriraient lentement, jusqu'au jour où ils finiraient par tomber en poussière. Pourquoi ne pas en tirer parti, quand il en est temps? Ce qui est juste, c'est qu'au moment où nous allons faire disparaître ces vieux arbres et nous enrichir d'une somme considérable de produits utiles, il y ait là de jeunes générations déjà toutes prêtes qui, en se développant, donneront à nos arrière-petits-enfants les mêmes ombrages et leur rendront les mêmes services. Exploiter les richesses naturelles sans aucun souci de l'avenir est l'œuvre d'un égoïste ou d'un ennemi barbare qui cherche à ruiner un pays après l'avoir envahi. Nos forestiers soignent et protègent les bois confiés à leur garde : c'est pour cela que leurs chefs ont le titre de *conservateurs des forêts*.

Colbert est le premier qui se soit préoccupé des devoirs d'une génération envers celles qui viendront ensuite. L'ordonnance de 1669, rendue sous son inspiration, prescrivait de ne couper les futaies que par portions successives; on devait, en outre, pour assurer la régénération, laisser debout 10 arbres par arpent (20 par hectare) et les choisir parmi les plus beaux chênes. Ce procédé employé encore, il y a une cinquantaine d'années, était insuffisant. Les arbres conservés étaient trop peu nombreux; de plus, les chênes ne portent pas de fruits tous les ans; si, après la coupe, la glandée se faisait attendre, le terrain avait le temps de se couvrir de végétaux de toutes sortes, avant d'être ensemencé. Ou bien les jeunes plants de chênes poussaient mal, dépourvus de tout abri, ou bien ils étaient étouffés par d'autres plants, comme ceux de tremble, moins précieux, mais plus robustes.

Voici, en général, comment on procède maintenant pour assurer la régénération d'une futaie que l'on doit couper. Tant que la forêt forme un massif impénétrable aux rayons du soleil, les graines tombées sur le sol germent mal, et les jeunes plants ne peuvent se développer. Ils manquent d'air et de lumière; il faut les leur donner, mais sans leur ôter l'abri dont ils ont besoin tant qu'ils sont jeunes. Aussi, quand la futaie arrive à l'âge d'être exploitée, on commence par faire une première coupe partielle, destinée seulement à éclaircir le massif : il faut que les rayons solaires puissent arriver jusqu'au sol, non par grandes plaques, mais tamisés par les feuilles. Les graines peuvent alors germer et le semis se complète peu à peu. Au bout de quelques années, les jeunes plants ont acquis une certaine force; le moment est venu de leur donner une plus large place au soleil. On fait

alors une seconde coupe partielle. Le semis continue à grandir. Lorsqu'il n'a plus rien à craindre des
vents, des gelées ou des fortes chaleurs, c'est-à-
dire une vingtaine d'années environ après la première coupe, on procède à la coupe définitive et
totale. La vieille futaie disparaît ; mais elle est rem-
placée par une jeune, pleine de vigueur et qui, dans
deux cents ans, aura le même sort que sa mère.

Petit-Pierre trouve que tout cela est très bien et
que de cette façon on aura toujours des grands bois
pour s'y promener : mais il demande comment
font les possesseurs des futaies pour attendre pendant cent cinquante ou deux cents ans les revenus
de leurs propriétés. Les champs donnent une
récolte chaque année et beaucoup de gens trouvent
que ce n'est pas trop : comment s'accommoder
d'une récolte qui arrive seulement tous les deux
siècles, quand on est certain de ne pas vivre neuf
cents ans comme Mathusalem.

C'est précisément pour cette raison, reprend
Antoine, que les belles futaies n'appartiennent pas
à des particuliers, mais bien à la nation tout
entière. Leur propriétaire, c'est l'État, qui ne
meurt pas et a le temps d'attendre. Quelques communes en possèdent aussi : il y a, par exemple, dans
les montagnes du Jura, des communes comptant
seulement quelques centaines d'habitants et qui
possèdent des forêts de sapins valant plusieurs
millions. Pour en tirer parti, elles y pratiquent
ce qu'on appelle le *jardinage. Jardiner*, c'est couper çà et là les arbres morts, malades ou dépéris-
sants et aussi quelques beaux arbres arrivés à

maturité. On forme ainsi de petits vides qui sont comblés par l'ensemencement naturel : de sorte qu'une futaie jardinée depuis longtemps contient des arbres de tous les âges, disséminés de tous côtés, et ressemble sous ce rapport à une forêt sauvage. Elle donne constamment des revenus; mais il ne faut pas y couper trop d'arbres à la fois pour gagner davantage. Les vieux arbres disparaîtraient vite, et la forêt serait ruinée pour de nombreuses années.

En général, les bois particuliers et même les bois communaux sont des taillis que l'on coupe à des intervalles réguliers, appelés *révolutions* : elles sont ordinairement de vingt-cinq ou trente ans. Un propriétaire qui possède par exemple 250 hectares de bois n'a qu'à les partager en portions de 10 hectares chacune, que l'on coupe successivement, chaque année, et dont les produits lui assurent un revenu régulier. Les coupes de vingt-cinq ou trente ans ne donnent pas du bois de bien grosse dimension : c'est surtout du bois de chauffage. Les branches servent à faire du charbon. Les jeunes chênes fournissent des perches de mine, des échalas; leur écorce, surtout si la coupe est faite en temps de sève, est précieuse pour le tannage des peaux. Le châtaignier, lorsqu'il est de grande taille, est presque toujours altéré au cœur et ne peut donner de bois de travail : exploité en taillis, il est très recherché pour faire des cercles de tonneaux et des échalas; quelques pieds qu'on laisse grandir portent des fruits.

Cependant la plupart des taillis de nos bois ne sont pas simplement des taillis : on y rencontre presque toujours des arbres plus âgés, disséminés çà et là : ils forment la *réserve*, et sont ainsi nommés parce qu'ils n'ont pas été coupés en même temps que les autres et qu'on les a réservés pour les laisser grandir. Ils sont d'autant plus âgés qu'il s'est écoulé un plus grand nombre de révolutions du taillis, depuis l'époque où ils ont été réservés. Les plus jeunes sont les *baliveaux ;* ils ont été laissés lors de la dernière coupe et sont plus âgés que le taillis de la durée d'une révolution. Les *modernes* viennent ensuite, puis les *anciens* et enfin les *vieilles écorces*, qui ont au moins cinq révolutions, c'est-à-dire cent vingt-cinq ou cent cinquante ans de plus que le taillis.

Un bois ainsi composé est un *taillis sous futaie*. Si la réserve est abondante et formée d'essences précieuses, telles que le chêne, on pourra en tirer à la fois du bois de feu et du bois de travail. En outre, les beaux chênes de la réserve sont d'âge à porter des glands, de sorte que le bois se régénère non seulement par le recépage, mais aussi par les semences qui tombent sur le sol. Ces jeunes plants venus de graines sont l'avenir d'un bois : c'est parmi eux que l'on choisit les arbres de la réserve, lors de la coupe du taillis. Aussi faut-il les soigner, les empêcher d'être étouffés par les rejets de souche ou les mauvaises herbes. Je ne me donne pas comme un modèle, disait Antoine, mais jamais je ne fais une tournée dans un taillis sans avoir mon sécateur

à la main. Que chaque jour je dégage une cinquantaine de brins, cela fera au bout de l'année
plus de 10 000 chênes dont j'aurai assuré le développement. Quelle richesse pour plus tard, en
supposant qu'un dixième seulement soit conservé
dans la réserve.

LES HABITANTS DES BOIS

On a souvent parlé de la solitude des bois. Petit-Pierre, en promeneur attentif, avait bien vite reconnu que tout un monde d'animaux y vit et pullule. Des êtres vivants, de toute taille, depuis la fourmi jusqu'au loup et au cerf, animent cette prétendue solitude ; des légions d'oiseaux habitent sur les branches des arbres ; des milliers de rongeurs circulent sous terre au milieu de leurs racines.

Petit-Pierre n'avait jamais vu de loup. Il y en a pourtant dans les bois de Sylvicourt. Le matin, pendant l'hiver, on trouvait parfois sur la neige des traces de pas assez semblables à celles qu'aurait laissées un chien de forte taille ; un loup affamé était sorti du bois et venu jusqu'aux premières maisons du village, pour voir s'il ne trouverait pas quelque bon coup à faire, quelque chien égaré à emporter pour le déchirer. Les loups de notre temps sont moins audacieux que celui du Petit Chaperon Rouge : ils n'enlèvent plus les petits enfants et ne se montrent hors des bois que poussés par cette mauvaise conseillère qu'on appelle la faim. C'est surtout quand la neige couvre la terre que, pressés par la nécessité, ils s'enhardissent, non pas jusqu'à attaquer l'homme, mais jusqu'à le suivre à distance, de manière à épier ses mouvements. Un soir d'hiver, le père de Petit-Pierre, rentrant assez tard, avait été suivi presque au milieu des rues par un animal qu'il avait pris d'abord pour un gros chien, mais qui était bien un loup, ainsi qu'on le reconnut le lendemain à l'empreinte de ses pattes.

La seule mauvaise rencontre que Petit-Pierre ait faite est celle d'un animal beaucoup plus petit, mais qui n'en est pas moins à redouter. Par une belle après-dînée de printemps, il était monté dans la partie la plus haute du bois et longeait des roches exposées au soleil, quand il aperçut, à quelques pas de lui, un serpent enroulé sur la pierre. Il avait souvent vu des couleuvres et savait qu'elles ne sont pas dangereuses : mais ce n'était pas une couleuvre. Le serpent qu'il voyait pour la première fois était moins long ; sa peau écailleuse était grisâtre avec des taches noires en zigzag ; sa queue, moins longue que celle de la couleuvre, se terminait presque brusquement. Au bruissement des feuilles sèches foulées par Petit-Pierre, le serpent, au lieu de s'enfuir rapidement, se déroula petit à petit et s'éloigna lentement, en dardant une langue fourchue. C'était une vipère, qui, après être restée engourdie tout l'hiver, était sortie de son trou et se réchauffait aux rayons du soleil printanier. Petit-Pierre venait d'échapper à un danger sérieux : car s'il avait, sans l'apercevoir, touché le serpent du pied, celui-ci l'aurait probablement piqué à la jambe et aurait déposé un venin terrible dans la plaie presque imperceptible faite par les deux crochets de sa mâchoire supérieure. Comme notre petit garçon était de forte constitution et de bonne santé, il n'en serait probablement pas mort; mais sa jambe aurait enflé énormément, en lui causant les plus vives douleurs; il aurait été pris de fièvre et de vomissements pendant plusieurs jours, et ne se serait rétabli qu'au bout d'un temps assez long.

Depuis cette époque, Petit-Pierre ne s'aventurait jamais dans les parties rocailleuses du bois sans de hautes guêtres en forte toile ou en cuir. Il aurait bien voulu voir une vipère de plus près : aussi demanda-t-il une jour à Antoine de lui en trouver une. Celui-ci connaissait leurs endroits préférés; il s'y rendit avec Petit-Pierre. C'était par une chaude journée de la fin d'août : ils n'eurent pas longtemps à attendre. Antoine aperçut bientôt une grosse vipère qui se glissait dans les herbes : d'un coup donné avec une forte baguette, il lui cassa l'échine et, comme elle continuait à s'agiter, en ouvrant une bouche menaçante, il l'acheva d'un coup de talon donné près de la tête. Quel ne fut pas l'étonnement de Petit-Pierre en voyant sortir du corps de la bête inanimée une demi-douzaine de petits vipereaux qui se mirent à frétiller sur le sol! C'est qu'en effet la vipère ne pond pas des œufs, comme la couleuvre; elle met au jour des petits vivants.

Quand la bête et ses petits furent bien morts, Antoine entr'ouvrit avec un morceau de bois la bouche de la vipère et fit voir à Petit-Pierre deux petites dents recourbées, fines comme des aiguilles, et insérées au bord de la mâchoire supérieure. Ce sont, dit-il, les crochets ou dents venimeuses de la vipère; elles communiquent avec

La vipère s'éloigna lentement en dardant une langue fourchue.

une petite glande et reçoivent d'elle un liquide gras, dont une très faible quantité suffit pour donner la mort, lorsqu'il est introduit dans le sang par une piqûre. Ce venin n'est pas un poison; on l'avale sans qu'il en résulte d'accident. Aussi peut-on sucer la piqûre d'un serpent venimeux pour en faire sortir le venin : l'opération ne présenterait de danger que s'il existait quelque écorchure aux lèvres ou à la langue. Quand une personne a été piquée par une vipère, on doit, si c'est possible, lier le membre avec un mouchoir tordu, que l'on place du côté du cœur par rap-

port à la piqûre, presser celle-ci de manière à la
faire saigner, et la laver avec de l'eau pure ou
mieux avec un mélange d'eau et d'ammoniaque.
On fait ensuite rougir au feu le premier morceau
de fer venu et on brûle profondément l'endroit
piqué. Plus le fer est chaud, moins l'opération
est douloureuse. Comme on n'a pas toujours ce
moyen à sa disposition, on peut remplacer le fer
rouge par la pierre à cautère ou par l'ammoniaque
concentrée : mais les résultats sont beaucoup
moins certains. L'ammoniaque est précieuse encore dans le cas des piqûres de guêpes ou d'autres insectes plus au moins venimeux; aussi est-il
prudent d'en avoir un petit flacon quand on se
promène dans les bois.

La vipère est, du reste, le seul reptile venimeux
que l'on puisse rencontrer en France. Les couleuvres, les lézards, les salamandres, les gre-
nouilles ou même les crapauds peuvent être désa-
gréables à toucher; mais leur contact n'offre aucun
danger.

Les plus gros habitants des bois sont les cerfs,
les chevreuils et les sangliers. Les premiers ne se
laissent guère approcher : Petit-Pierre en avait
souvent aperçu, traversant au loin quelque route
de la forêt; mais jamais il ne les vit d'aussi près
que les sangliers. Un jour, l'ami Antoine l'avait
emmené dans une partie peu fréquentée de la forêt:
tout à coup, dans le sentier qu'ils suivaient, le
forestier aperçoit des empreintes de pieds sur la
nature desquelles il ne peut se tromper. Les deux
promeneurs avancent alors avec précaution, sans

faire le moindre bruit, et suivent les traces impri-
mées dans le sol. Elles aboutissent à une sorte
d'enceinte ou de petite clairière. Dissimulés avec
soin derrière des touffes de houx et de genévriers,
ils peuvent sans se montrer jeter leurs regards
dans la clairière, et aperçoivent toute une famille
de sangliers. La mère, étendue sur le sol, donnait
à téter à une bande de marcassins, pendant que
le père, assis gravement sur son séant, surveille
les alentours. Les petits, bien repus et mis en belle
humeur, se livrent ensuite à une série de courses
folles sur le gazon, jouant entre eux et avec leur
mère, qui ne dédaigne pas de s'associer aux
cabrioles de sa marmaille. Ils en étaient au plus
fort de leurs ébats, quand une branche sèche se
brise sous les pieds de Petit-Pierre A ce bruit,
le père sanglier fait entendre un souffle rauque,
et la bande, subitement ralliée, détale à toute
vitesse.

Malgré les raffinements de tendresse qu'il a
pour sa jeune famille, le sanglier est un animal
bourru et possédant une réputation bien méritée
de sauvagerie. On le rencontre dans tous nos
bois; n'y trouvant pas toujours une provision de
glands suffisante pour sa nourriture, désireux
peut-être aussi d'un dîner plus varié, il en sort,
surtout la nuit, et va dévaster les champs voisins.
Avec ses puissantes défenses, il laboure le sol, le
bouleverse et creuse de véritables tranchées dans
les champs de pommes de terre.

Un autre ennemi des récoltes est le lapin : il fait
ses terriers dans les bois, surtout près de leur lisière,

de manière à fourrager aisément dans les champs.
Se multipliant très rapidement, les lapins font
chez nous des dégâts considérables; mais ce n'est
rien auprès de ce qui se passe en Australie. Dans
la Nouvelle-Galles du Sud, un prix de 25 000 livres
(625 000 francs) est proposé par le gouvernement
pour la découverte d'un procédé pour l'extermi-
nation des lapins. Des étendues considérables de
territoire, complètement dévastées, sont abandon-
nées par les fermiers, qui renoncent à l'élevage
des bestiaux dans l'impossibilité où ils sont de les
nourrir. Chaque hiver, on tue les lapins par millions, sans parvenir à en diminuer le nombre.

Dans nos bois, les lapins ont un ennemi, habitant comme eux des terriers souterrains : c'est le
renard. Il chasse le lapin, non seulement pour en
faire sa proie, mais aussi pour lui prendre son
domicile, surtout lorsqu'il n'est pas très éloigné
d'un poulailler; car le renard a une affection très
prononcée pour la volaille. Il la préfère au gibier
et imagine, pour dérober une poule, les ruses qui
l'ont rendu célèbre. Le renard possède, surtout
l'hiver, une assez belle fourrure; aussi les bûcherons lui tendent-ils toutes sortes de pièges pour
s'en emparer. Il y avait à Sylvicourt un vieux
chasseur de renards qui les prenait d'une façon
fort simple. Il furetait le bois, accompagné d'un
chien basset : celui-ci pénétrait dans les terriers,
et quand, par ses cris, il annonçait que l'habita-
tion était occupée, le chasseur, qui connaissait
les habitudes des renards et était aussi rusé
qu'eux, plongeait le bras dans le terrier et en

Ils aperçoivent toute une famille de sangliers

tirait assez souvent le renard vivant. Il attrapait bien quelques coups de dents; mais il n'y prenait garde.

Si Petit-Pierre avait été plus grand et en même temps amateur de chasse, il aurait regardé le

Le renard a une affection très prononcée pour la volaille.

faisan et le coq de bruyère comme les plus beaux oiseaux des bois; il serait venu y guetter les bécasses à l'époque de leur passage. Mais en sa qualité de promeneur, ce qu'il estimait le plus dans les oiseaux, c'était leur chant. Les oiseaux chanteurs abondent dans les bois, dont ils égayent la sombre tristesse; se nourrissant presque tous d'insectes, ils sont pour le forestier de précieux auxiliaires. Quelques-uns sont, en outre, richement habillés, surtout les mâles : de sorte que ces derniers ont à la fois le double privilège de la voix et du plumage. Les femelles ne sont cependant pas muettes : elles ont de légers cris d'appel ou d'alarme qu'elles adressent à leurs petits.

Quels sons brillants entendons-nous de si loin? Quelle est cette chanson gaie et pleine d'entrain? Elle s'élance, s'enflamme et finit par une fioriture folâtre, pleine de gaminerie : c'est la chanson du *merle*. Jamais il ne se répète : depuis le lever du soleil jusqu'à son coucher, le merle improvise; il commence au mois de février et ne finit qu'en plein été. Comme taille, le merle est assez grand; il est facile à reconnaître à son plumage noir, à son bec jaune et à son air inquiet, agité.

Le *pinson* a le chant belliqueux, triomphant comme une sonnerie de clairon, mais peu varié. Quel charmant oiseau, surtout au printemps. Sa tête a des reflets d'acier; sa gorge et sa poitrine ont une teinte vineuse; une barre blanche traverse ses ailes. Il ne sautille pas à terre comme le moineau : sa démarche est plus élégante; il semble glisser sur le sol. Vous auriez beaucoup de peine à découvrir son nid : car il le recouvre des plaques d'écorces prises sur l'arbre où il le construit.

Le rouge-gorge joue le rôle de la petite flûte dans le concert des bois. Il chante sans art, d'une façon précipitée, légère, capricieuse : c'est un amateur qui fredonne, s'écoute et chante pour lui-même. Il doit son nom au plumage rouge ou plutôt orangé qui entoure son bec, sa gorge et s'étale sur sa poitrine : le reste de son vêtement est grisâtre. Le rouge-gorge n'habite les bois qu'en été : il les quitte en hiver pour les jardins.

Aucun autre oiseau n'est aussi familier, aussi confiant; il semble rechercher la compagnie de l'homme et vient, jusqu'à nos pieds, fondre en battant des ailes sur l'insecte qu'il a aperçu.

Un chanteur bien différent du rouge-gorge est

Perché sur une branche, le rossignol chante pendant toute la nuit.

le *troglodyte*, appelé communément *roitelet*. Celui-ci est un vrai musicien : sa voix est claire et sonore; ses phrases, longues et bien liées, rappellent le chant du serin. Il a de plus le mérite de chanter toute l'année, même en plein hiver. Approchez-vous et vous serez étonné de voir qu'un chant si puissant vient d'un si petit oiseau : le troglodyte n'a pas plus de six centimètres de longueur; le moineau est un géant auprès de lui. Avec sa queue qu'il tient redressée, il paraît encore plus petit; très vif du reste, il a les allures d'une souris, se montre, puis disparaît sans qu'on sache où il est passé.

Quel est ce chant si puissant, éclatant à blesser l'oreille lorsqu'on l'entend de trop près, si pur que l'on a peine à s'éloigner dès qu'on l'entend, si varié que l'on ne regrette pas la phrase qui vient de finir, enchanté que l'on est de celle qui commence? c'est le chant du *rossignol*, le roi des oiseaux chanteurs de nos bois. Quel gosier prodigieux dans un corps pas plus gros que celui d'un moineau! Certaines de ses phrases sont courtes, d'autres si longues qu'elles ne semblent jamais devoir finir; les unes commencent par des sons filés lentement, longuement, et se terminent tout à coup par une roulade exécutée avec une extrême volubilité; d'autres, murmurées d'abord d'une voix basse et contenue, s'élèvent, deviennent de plus en plus retentissantes, s'affaiblissent peu à peu et finissent par s'éteindre insensiblement. Le rossignol fait son nid dans les taillis peu élevés : perché sur une branche, il ne se laisse guère voir et chante pendant que la femelle couve les œufs, la nuit comme le jour, surtout la nuit et pendant toute la nuit. Sa mélodie nocturne est encore plus belle que son chant du jour. Il commence à chanter vers le 15 avril et se tait avant la fin de juin : rien ne le recommande plus alors à votre admiration, car son plumage est des plus modestes, brun roux et gris cendré. La couvée terminée, il ne chante plus et se borne à faire entendre un cri rauque que l'on attribuerait plutôt à un geai qu'au magnifique chanteur du printemps.

Les oiseaux chanteurs abondaient autour de la maison forestière de Sylvicourt. Antoine les aimait beaucoup et passait quelquefois une partie de la nuit à écouter le rossignol. Il notait avec soin sur un calepin l'époque où ils commençaient à chanter au printemps, celle où ils perdaient leur voix et celle où les jeunes mâles de l'année faisaient, avant l'hiver, entendre leurs premiers gazouillements. Petit-Pierre lui avait demandé un jour d'attraper un rossignol : il l'aurait mis dans une grande et belle cage et l'aurait bien soigné. Antoine avait refusé. « Les petits oiseaux, avait-il répondu, sont comme les petits enfants; il leur faut l'air et la liberté. Que deviendrais-tu, Petit-Pierre, si l'on t'enfermait dans une belle chambre avec des gâteaux et des bonbons à discrétion? Tu tomberais malade en peu de temps. Mis en cage, nos oiseaux des bois ne chanteraient plus et mourraient bientôt. Contente-toi d'élever des serins; ce sont déjà de beaux chanteurs; et de plus, ils s'accommodent de l'esclavage. »

Beaucoup d'oiseaux de nos bois n'y sont que de passage. Tel est celui dont on entend, du mois d'avril au mois de septembre, le cri plaintif : coucou, cou-cou, sans cesse répété, nuit et jour, par le beau temps ou par la pluie. Le *coucou* est un gros oiseau sur le compte duquel on a fait bien des légendes : quelques personnes ne croient-

4

elles pas que le nombre de ses cris indique aux
enfants combien ils ont d'années à vivre, et aux
jeunes filles combien de temps elles doivent attendre un mari. Ce qu'il y a de plus curieux dans
l'histoire de cet oiseau, c'est la façon dont la
femelle se dispense de couver ses œufs. Elle les
dépose, un à un, dans des nids de fauvette, de
merle, de bruant, ou de quelque autre oiseau
insectivore ayant l'habitude de nourrir ses petits
avec des aliments convenables aussi pour les jeunes coucous. La propriétaire du nid, chose étrange,
devient pour cet intrus une couveuse infatigable
et une tendre mère, bien qu'il la prive de sa propre
progéniture. Car les vieux coucous ont le soin de
détruire les œufs du nid auquel ils confient le leur ;
et, s'ils ne l'ont pas fait, le jeune coucou, beaucoup
plus gros et plus fort que ses compagnons de
nid, se glisse sous chacun d'eux, le prend sur son
dos et le jette hors du nid, dont il reste seul en
possession.

Tac, tac ; tac, tac, tac : bien souvent Petit-Pierre
avait entendu ce bruit sec, répété à intervalles
réguliers, analogue à celui que ferait un travail-
leur frappant à coups redoublés contre l'écorce
d'un arbre. L'auteur de ce bruit est encore un
oiseau à légende, le *pivert*, autrement dit *pic-vert*.
Comme tous les oiseaux appelés *pics*, celui-ci est
admirablement organisé pour grimper le long des
troncs d'arbres. Il s'y tient cramponné avec ses
pattes, faisant la chasse aux insectes et aux vers
qui rongent l'écorce et entament même le bois.
C'est donc un oiseau utile, un défenseur des forêts.

Eh bien, on l'accuse d'un épouvantable méfait.
Une croyance fort répandue veut que le pivert perce
les arbres et y fasse des trous qui les traversent

Le pivert est organisé pour grimper le long des troncs d'arbres.

de part en part. Ce qu'un ouvrier aurait du mal à
faire avec une tarière, l'oiseau l'exécuterait avec
son bec : la preuve, ajoute-t-on, c'est qu'après
avoir frappé quelque temps à la même place, le

pivert tourne autour du tronc et va voir de l'autre côté, si le trou est fait.

En réalité, le bec du pivert n'attaque pas le bois, mais seulement la partie extérieure de l'écorce, dans laquelle sont cachés les insectes qu'il veut saisir. Semblable au tonnelier qui toque sur un tonneau pour savoir s'il est vide ou rempli, l'oiseau frappe de tous côtés, et les coups : tac, tac, que l'on entend de loin, lui servent à sonder l'arbre et à reconnaître, par la nature du son produit, s'il n'existe pas sous l'écorce quelque cavité servant de retraite à des insectes : son instinct l'avertit en outre que l'insecte, mis en éveil par les coups frappés du dehors, cherche à se sauver en suivant les galeries qu'il a creusées entre l'écorce et le bois : l'oiseau fait le tour de l'arbre pour l'empêcher de s'échapper et le saisir, lorsqu'il se montre quelque part. S'il est donc une croyance absurde, c'est celle qui fait regarder le pivert comme une bête malfaisante; préjugé ridicule, qui pousse bien des gens à tuer sans pitié un oiseau intelligent et plus utile que nuisible.

Enfants, qui aimez à courir les bois pendant les jours de vacances, montrez-vous plus raisonnables; ne faites plus la chasse aux oiseaux; gardez-vous de porter le désespoir dans les ménages de nos chanteurs des bois en allant, comme on le fait trop souvent, saccager leurs nids; songez qu'en détruisant une couvée vous assurez la vie de quelques milliers de chenilles dévastatrices : le véritable ennemi de nos bois aussi bien que de nos récoltes, c'est l'insecte, qui pullule dans

l'ombre, et dont les innombrables légions ne peuvent être atteintes que par un chasseur aux ailes
rapides, l'oiseau insectivore.

L'un des insectes les plus nuisibles est certainement le hanneton, bien connu des enfants : ce
n'est pas d'hier qu'il leur sert de jouet, puisque
du temps des Grecs, il y a plus de 2000 ans, les
écoliers avaient déjà l'habitude de le faire voler
attaché par une patte au bout d'un fil. Presque tous les insectes passent successivement
par trois états : celui de larve ou de chenille,
celui de nymphe ou de chrysalide, enfin celui d'insecte ailé ou parfait. A l'état de larve, qu'il con-
serve pendant trois ans et même quatre, si l'année
est froide, le hanneton habite sous terre : c'est
alors le *ver blanc* ou *man*, qui dévore les racines
des plantes et même des arbres. Quand vous
verrez les feuilles d'un fraisier se flétrir en quelques heures et s'étaler sur le sol, n'hésitez pas à
déraciner la plante d'un coup de bêche donné
profondément, car elle est perdue. En cherchant
bien, vous trouverez un ver blanc attaché à sa
racine : écrasez-le sans pitié, pour sauver les
fraisiers voisins. Cet être mou et peu appétissant a,
dit-on, très bon goût. Les taupes doivent être de
cet avis, car elles font une guerre acharnée aux
vers blancs : aussi a-t-on bien tort de les détruire.

C'est vers le mois de mai que les hannetons sor-
tent de terre transformés et pourvus de leurs ailes :
une journée d'exposition à l'air durcit l'enveloppe
de l'insecte, qui recommence ses ravages sous sa
nouvelle forme. Il a peu d'arbres dont les feuilles

ne soient de son goût. Les bois et les vergers sont
dépouillés par lui à une époque où la végétation
est en pleine activité : aussi les effets désastreux
produits par les hannetons se font-ils sentir pendant plusieurs années. Chaque hanneton ne vit
qu'une huitaine de jours : avant de mourir, la
femelle s'enfonce en terre à 15 ou 20 centimètres
de profondeur et pond une cinquantaine d'œufs,
qui donneront autant de vers blancs. C'est donc
avant la ponte qu'il faut détruire les hannetons, si
l'on veut éviter des dégâts ultérieurs.

Petit-Pierre et les enfants de Sylvicourt se rap-
pelleront toute leur vie une grande chasse aux
hannetons organisée par l'ami Antoine. Celui-ci
vint un jour trouver le maire de Sylvicourt. « Les
jeunes taillis de chênes du bois communal sont,
lui dit-il, envahis par les hannetons : si l'on n'y
met bon ordre, ils n'y laisseront pas une feuille.
Ce sera pour la commune une perte de plusieurs
milliers de francs, qu'elle peut éviter avec une
dépense minime. C'est demain jeudi : laissez-
moi emmener une cinquantaine des gamins de
l'école, et, avant la fin de la journée, nous aurons
ramassé des hectolitres de hannetons. — Votre
idée est bonne, répond le maire, arrangez cela
avec l'instituteur. Le conseil municipal ne me
refusera pas l'argent nécessaire pour payer le
déjeuner des chasseurs. »

Antoine arrive donc à l'école au moment de la
sortie de classe et, lorsque tous les écoliers sont
réunis dans la cour : « Qui est-ce qui veut venir
demain au bois déjeuner sur l'herbe? il y aura du

pain, du jambon, du vin, sans compter l'eau de la Belle Fontaine. — Moi, moi, crie-t-on de tous côtés. — C'est bon, réplique Antoine, ne parlez pas tous à la fois. Il y aura de la place pour tout le monde. Mais il s'agit en même temps de ramasser des hannetons : aussi chacun devra apporter un sac de toile. Ceux qui auront fait la plus grosse récolte recevront en prix les nouveaux livres très amusants de M. Girardin ou de Mme Colomb. A demain donc, le rendez-vous est pour 9 heures et demie, au Carrefour du Chêne Brûlé. »

Le lendemain, plus de 60 enfants bien joyeux étaient réunis. Antoine leur expliqua comment il fallait s'y prendre. De 9 heures à 3 heures environ, les hannetons volent peu : ils restent attachés aux branches. Il n'y a qu'à secouer légèrement l'arbre pour les faire tomber. On n'a plus qu'à les ramasser et à les mettre dans le sac; il ne faut pas en effet les écraser, car cela n'empêche pas les œufs d'éclore et les vers blancs d'en sortir. Vers le soir, toute la bande rentrait au village avec ses sacs remplis de hannetons. Quand on eut bien régalé toutes les poules du pays, on fit un grand feu et on y brûla la masse des insectes. Ce fut une journée de plaisir pour les enfants, et les taillis de Sylvicourt conservèrent leurs feuilles.

Beaucoup d'écoliers ont élevé des vers à soie et savent quelle quantité de feuilles de mûrier il faut leur donner pour satisfaire leur appétit, surtout pendant les derniers jours de leur vie à l'état de chenille. Dans les pays où l'on cultive cet insecte en grand, on estime que pour nourrir les vers sortis de 30 grammes d'œufs il faut de 800 à 900 kilogrammes de feuilles. Le ver à soie est rangé parmi les insectes utiles, parce que, avant de se transformer en chrysalide, il file un cocon d'où nous tirons la plus belle matière textile. Mais, considéré au point de vue du mûrier, le ver à soie serait un insecte dévastateur. Eh bien, tous les papillons que nous admirons, à cause de leurs riches couleurs, ont commencé par être des chenilles dévorantes.

Beaucoup d'insectes attaquent, non plus les feuilles des arbres, mais le bois lui-même. Ceux qui produisent le plus de dégâts sont les *bostriches* : ils dévastent les forêts de sapins et d'épicéas. Se glissant sous l'écorce, ils creusent à la surface du bois des séries de sillons, sortes de galeries disposées avec une certaine régularité ; aussi les différentes espèces de bostriches ont-elles reçu les noms de *typographe*, de *sténographe*, de *chalcographe*, qui rappellent les talents de l'insecte comme dessinateur. Quand la surface du bois est ainsi sillonnée, l'arbre est perdu ; il faut l'abattre et en tirer parti au plus tôt. Aussi de belles forêts d'épicéas ont-elles été ruinées, par la nécessité où l'on a été d'abattre, en très grand nombre, les arbres attaqués par les bostriches.

Il est des insectes que le promeneur rencontre très souvent dans les bois et auxquels il peut s'intéresser autant qu'ils le méritent, car ils ne sont ni dangereux ni dévastateurs : ce sont les

fourmis. Toutes ne se ressemblent pas; elles dif-
fèrent les unes des autres par la couleur, la grosseur, le régime alimentaire, à tel point que les
naturalistes en distinguent plus de 1500 espèces.
Elles vivent en sociétés composées d'insectes ailés
peu nombreux et d'un très grand nombre d'individus dépourvus d'ailes; les premiers se divisent
en mâles et femelles; les seconds remplissent
dans la société les fonctions de nourrices et d'ouvrières.

En sortant de l'œuf, la fourmi est une *larve*,
petit ver aveugle et sans pattes, être mou et ché-
tif qui serait voué à une mort certaine sans les
soins assidus de ses nourrices. Celles-ci lui donnent
la becquée, le promènent, lui font prendre l'air
par le beau temps et le rentrent dès qu'un danger
quelconque le menace. Cette éducation mater-
nelle, les véritables mères fourmis sont incapables de la donner : aussi, lorsqu'une femelle ailée
a quitté sa fourmilière pour aller fonder ailleurs
une nouvelle société, elle commence par s'associer un certain nombre d'ouvrières de son espèce,
pour soigner les larves sorties des œufs qu'elle
va pondre.

Grâce à ces soins assidus, la larve de fourmi
se développe, grossit et se transforme au bout de
quelques mois en *nymphe*. Celle-ci a la forme
de l'insecte, mais elle est immobile et repliée sur
elle-même. Dans beaucoup d'espèces, les larves,
avant de subir leur première métamorphose, filent
un cocon soyeux dans lequel la nymphe reste em-
maillotée. Ce sont ces cocons, appelés vulgaire-

ment *œufs de fourmis*, que l'on recueille pour nourrir les faisans. Ils sont infiniment plus gros que les véritables œufs de fourmis, et les nourrices ont un mal infini à les déplacer, soit pour les exposer au soleil, soit pour les rentrer et les mettre en sûreté. Arrêtez-vous près d'une fourmilière, par un beau temps, et vous verrez tout ce manège. Après quelques jours de mort apparente, la nymphe se réveille, les ouvrières percent le cocon et donnent la liberté à la jeune fourmi, qui reçoit encore leurs soins pendant quelque temps, et apprend de ses nourrices les devoirs qu'elle aura à remplir dans la société, en échange de leurs peines.

A l'état parfait, les fourmis vivent de huit à dix ans : elles se nourrissent de matières animales et végétales, molles ou demi-liquides, car leurs mâchoires ne sont pas organisées pour broyer. L'un des défauts de la fourmi (personne n'est parfait) est la gourmandise : surtout gourmande de sucre, elle se laisse attirer et prendre avec un peu de sirop. Son autre défaut, la colère, lui coûte aussi quelquefois bien cher. Gourmande et colère, la fourmi ressemble à pas mal d'enfants, qui n'ont pas toujours son ardeur au travail.

La vue ne joue qu'un rôle secondaire dans l'existence des fourmis : car la plupart travaillent dans l'obscurité et passent la plus grande partie de leur vie sous terre. En revanche, elles ont l'odorat très fin : ce sens leur sert de guide pour travailler ou pour reconnaître leur chemin. Celui de l'ouïe semble, au contraire, fort peu développé :

Intérieur d'une fourmilière. — Œufs, larves, nymphes, insectes parfaits.

quelques auteurs pensent même que les fourmis sont complètement sourdes. Leur principal
moyen de communication réside dans les appen-
dices ou *antennes* dont leur tête est surmontée.
C'est par le contact de ces organes qu'elles causent
entre elles et se communiquent leurs impressions
avec une extrême rapidité. Qu'un danger menace
la société, toute la fourmilière est bientôt avertie ;
on rentre les nymphes et les larves ; les portes sont
barricadées et garnies de défenseurs. Des avis
transmis avec les antennes font changer subitement la tactique pendant une bataille, ou modifier
l'organisation d'un travail exécuté en commun.
Le même moyen leur permet de se reconnaître
entre elles : car elles n'admettent jamais aucune
étrangère dans leur nid, tandis qu'elles laissent rentrer les gens de la maison, même après une longue
absence. Cette aversion pour les étrangers ne
s'étend pas aux larves : on dirait que ces inté-
ressantes petites bêtes savent qu'elles sont inca-
bables de se suffire à elles-mêmes. Aussi peut-on
s'amuser à faire élever des larves par des nourrices
quelconques : mais une fois élevées, il faut les
remettre dans le nid où on les a prises, mais non
dans celui de leurs nourrices.

Cette proscription absolue non seulement des
individus d'une autre espèce, mais aussi de
ceux de la même espèce, s'ils sont nés dans une
autre fourmilière, souffre cependant une exception. C'est l'existence dans une même cité de deux
espèces de fourmis, les unes maîtresses, les autres
esclaves. Oui, cette institution monstrueuse qu'on

appelle l'esclavage, existe chez les fourmis. Ajou-
tons que les esclaves, arrachés brutalement à
leurs foyers, le plus souvent à l'état de larves ou
de nymphes, sont ensuite traités par leurs maîtres
avec la plus grande douceur. Les petites fourmis
noir cendré, très intelligentes et très actives,
sont celles qui sont le plus souvent réduites en

Fourmi amazone nourrie par une esclave.

esclavage. Quant aux fourmis maîtresses, leur
but, en prenant des serviteurs, est différent avec
les espèces. Pour la fourmi sanguine, l'esclave
est un objet de luxe : en bonne ménagère, elle ne
lui abandonne jamais la direction de l'intérieur;
elle a su conserver son industrie dans sa perfec-
tion première, et son intelligence brillante entre
toutes. Pour la fourmi amazone, au contraire,
l'esclave est une nécessité : car elle ignore l'art de
bâtir et les soins à donner à la jeune famille. Ses
instruments de travail, les *mandibules*, ne sont
plus que des armes terribles. Elle est impropre à
tout, hormis au meurtre et au pillage : elle ne sait

même pas manger seule. Donnez-lui son aliment préféré, un peu de sirop ou de miel, elle s'y roule, s'y salit, mais ne parvient pas à en absorber une goutte. Placez alors auprès d'elle une seule petite esclave; celle-ci se met aussitôt à la nettoyer, à la nourrir; multipliant ses efforts, elle arrive à rendre les mêmes services à une demi-douzaine d'amazones, mises par leur maladresse dans le plus piteux état.

L'enlèvement des larves destinées à devenir des esclaves n'est pas le seul motif de guerre entre deux fourmilières. La fourmi est mauvaise tête et portée à la colère : aussi des motifs probablement aussi futiles que ceux qui décident souvent les hommes à s'entre-déchirer, suffisent pour amener d'épouvantables carnages, soit entre les fourmis d'espèces différentes, soit entre celles d'une même espèce. Beaucoup semblent, pendant le combat, perdre toute espèce de raison, tant leur fureur est grande. Mais leur cruauté se montre surtout dans le traitement qu'elles font subir à leurs prisonniers : non seulement elles les mettent impitoyablement à mort, mais elles y ajoutent un raffinement de barbarie inimaginable. D'ordinaire elles leur coupent l'une après l'autre les antennes et les pattes : et, quand la victime est ainsi privée de tous ses membres, elles l'abandonnent morte ou vive, mais dans l'impossibilité de se mouvoir.

Hâtons-nous de l'ajouter : les travaux de la paix sont surtout en honneur chez les fourmis; et c'est dans la construction de leurs habitations qu'elles montrent tous leurs talents. Quant à leur réputation de prévoyance, elle est quelquefois usurpée : que feraient de provisions amassées pour l'hiver, celles qui restent engourdies et immobiles pendant la saison froide? Mais, dans les pays chauds et même en France, quelques espèces ne s'engourdissent pas et mettent en réserve les aliments qui leur conviennent le mieux. C'est à ce même instinct qu'il faut attribuer l'élevage du puceron, qui, pour les fourmis, est un bétail analogue à nos vaches laitières. Les fourmis sont très friandes d'une matière sucrée qui sort du corps des pucerons : elles ne se bornent pas à sucer celle qu'elles y trouvent, elles savent traire le puceron. Elles le chatouillent avec leurs pattes et leurs antennes, jusqu'à ce que la liqueur désirée suinte du corps de l'animal. Avoir le puceron dans la fourmilière serait bien plus commode que de courir après lui. La chose est facile pour les pucerons qui vivent sur les racines : il suffit d'établir les fourmilières de façon que des racines en traversent les galeries, et d'y installer des pucerons recueillis de différents côtés. Quant aux pucerons vivant sur les feuilles ou les tiges aériennes, les fourmis les parquent dans des étables fermées, établies à proximité de la fourmilière, et qu'elles construisent autour de la plante destinée à les nourrir.

Les habitations des fourmis sont, en général, souterraines : quelques-unes le sont complètement et ne débouchent à l'extérieur que par d'étroites ouvertures fermées pendant la nuit ou pendant l'hiver; d'autres, tout en ayant leur plus grande partie au-dessous du sol, se montrent au dehors sous forme d'un dôme plus ou moins élevé. Ces dômes, que l'on rencontre souvent dans les bois, sont formés de toutes sortes de matériaux amoncelés, terre, brindilles de bois, tiges d'herbe, aiguilles de pin ou de sapin. L'intérieur de la fourmilière est composé d'un grand nombre d'étages unis entre eux par des galeries : on y trouve des chambres distinctes pour les œufs, les larves, les nymphes, les provisions, les pucerons, la population enfin. Suivant les espèces, les fourmis sont mineuses, maçonnes ou charpentières; cela veut dire que les chambres et les galeries de leurs habitations sont tantôt simplement creusées dans le sol, tantôt garnies de terre humide pétrie et appliquée contre les parois, tantôt enfin soutenues par des poutrelles de bois enchevêtrées. Un petit nombre d'espèces seulement établissent leurs habitations en plein air et se construisent de véritables nids, soit dans une masse de feuilles, soit dans une cavité ou une excroissance de tige.

Petit-Pierre passait souvent des heures à suivre les allées et venues des fourmis, et quand il rentrait à Sylvicourt, la vie des habitants lui paraissait ressembler beaucoup à celle d'une fourmilière. Que serait-ce s'il avait vu celle d'une grande ville, comme Paris!

FIN

COULOMMIERS. — Typ. P. BRODARD et GALLOIS.